月夜和眼鏡

月夜とめがね

文｜小川未明　圖｜林廉恩
譯｜游珮芸

步步出版

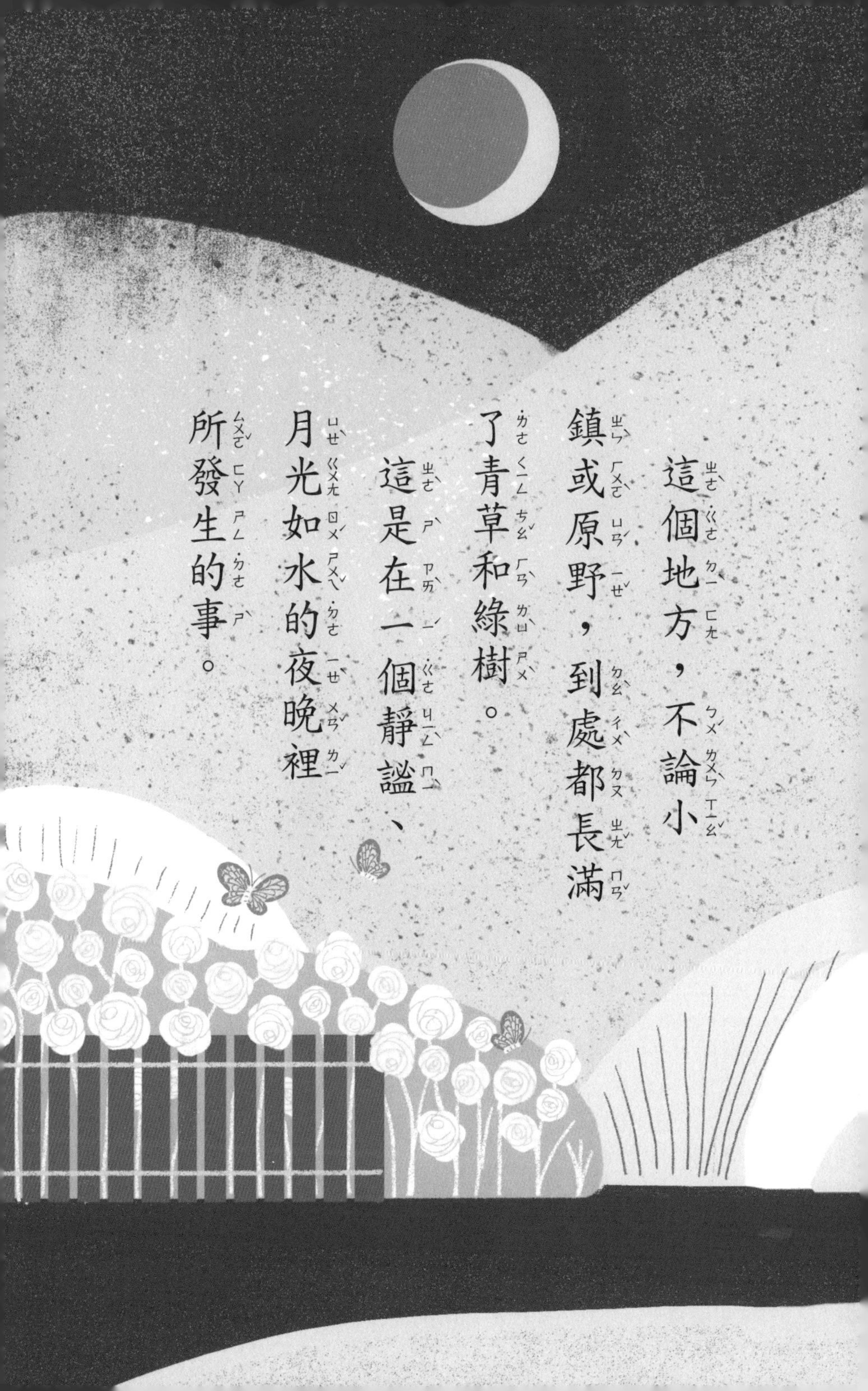

這個地方，不論小鎮或原野，到處都長滿了青草和綠樹。這是在一個靜謐、月光如水的夜晚裡所發生的事。

靜悄悄的小鎮盡頭，住著一位老
奶奶，此刻她正獨自坐在窗臺旁，
縫製著衣裳。

油燈的光芒平和的照亮著屋內。老奶奶已經上了年紀，視線模糊，常不能把線順利穿進針孔裡。她一次又一次的藉著燈光，凝視著針孔，一面用滿是皺紋的手捻著線。

水藍色的月光籠罩著整個世界，樹木、房屋、遠處的小山崗，彷彿都沉浸在微溫的水中。老奶奶一邊做著針線，一邊回憶著自己年輕時的生活，想著遠方的親戚，還有住在外地的孫女。

四周安靜極了，只聽到鬧鐘在櫥櫃上發出滴滴答答的聲響。

偶爾，從小鎮較熱鬧的街區傳來小販的叫賣聲，或是汽車駛過的引擎聲，不過因為隔得太遠了，一切聽起來都很不真實。

老奶奶舒舒坦坦的坐在那裡，好像忘了自己身在何處，忘了正要做什麼似的，迷迷糊糊的有種作夢的感覺。

就在這時候，門外響起了咚咚的敲門聲。

老奶奶把身子傾向門邊，用她那不太靈光的耳朵，仔細聽著。這麼晚了，不該有人來拜訪呀。她想，可能是風吹過的聲音吧。風總是漫不經心的穿過小鎮和原野。

這時，窗外傳來一陣微弱的腳步聲，異於往常，老奶奶居然聽到了這串腳步聲。

「老奶奶，老奶奶。」一個聲音叫著。

老奶奶懷疑自己可能聽錯了，停下了手上的針線。

「老奶奶，請打開窗戶吧。」外面的聲音還在叫著。

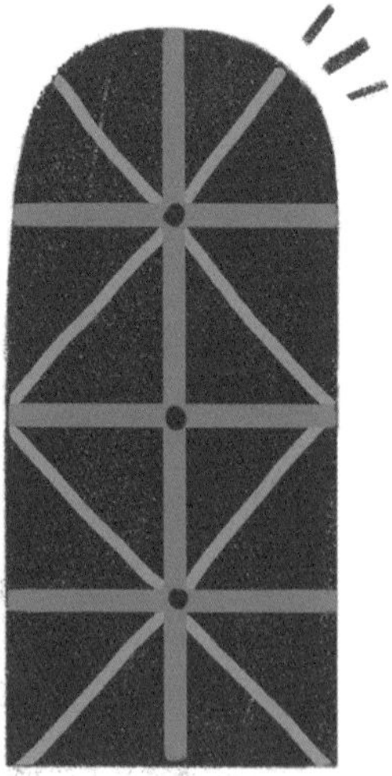

是誰呢？老奶奶疑惑的站起身來，打開窗。窗外的世界，被水藍色的月光照得像白晝一般光亮。

只見窗外站著一個矮矮的男人，戴著黑色的眼鏡，留著鬍鬚，正抬頭看著窗內的老奶奶。

「我不認識你啊，你是誰？」老奶奶看著這個陌生的男人說道，以為他找錯人了。

「喔，我是個眼鏡推銷員，我有各式各樣的眼鏡。我是第一次來到這個小鎮，這個小鎮真漂亮，讓人心曠神怡。趁著今晚月色好，我就到處走走，看看有沒有人需要眼鏡。」那個男人說。

老奶奶正為老眼昏花，線穿不過針孔而苦惱著，於是就試探的問道：「那你有沒有適合我戴的眼鏡呢？」

眼鏡推銷員打開提在手上的箱子，在裡面翻翻找找。不一會兒，就向把頭探出窗外的老奶奶，遞去一個有玳瑁鏡框的大眼鏡：「保證您什麼都能看得一清二楚！」

在那個男人站著的地方，有紅色、白色和藍色的花朵，在月光下都盛開了，籠罩在一片迷濛的月色

中。花朵在空氣中散發著清香。

老奶奶試著戴上眼鏡，鬧鐘上的數字一個個看清楚了。老奶奶甚至覺得自己回到了幾十年前做小姐的時代，那時候也像這樣，什麼東

8 9 10 11 12
15 16 17
18 19 20 21

西都看得清清楚楚的。

「喔，這個我要了！」老奶奶非常高興的買下了眼鏡。

付過錢，那個戴著黑色眼鏡、留著小鬍子的眼鏡推銷員就走了。他的身影消失了，但那些花草仍然在月光下散發著芬芳。

老奶奶關上窗，又坐回原來的地方。這下她可以毫不費勁的穿針了。她把眼鏡戴上去，又取下來，就像一個小孩子得到一件稀奇的寶貝一樣，總要拿在手裡把玩一番。因為從來沒有戴過眼鏡，忽然一下戴上，周圍一切都變了樣。

已經很晚了，老奶奶取下眼鏡，放

在櫃子上的鬧鐘旁邊，準備收拾東西睡了。

這時候，門外又傳來咚咚的敲門聲。

她側耳傾聽，「真是個奇怪的夜晚啊。又是誰呢，都這麼晚了……。」

她瞄了一眼鬧鐘，雖然外面月色明亮，但實際上夜已經很深了。

老奶奶站起來，走到門口，聽上去像是一隻小手在敲門。咚咚的聲音聽起來十分可愛。

「可是，都這麼晚了……」老奶奶自言自語的說著，還是打開了門。是一個十二、三歲的女孩，淚眼汪汪的站在門口。

「你是誰家的孩子呀，這麼晚了，為什麼還來敲我家的門呢？」

老奶奶驚訝的問道。

「我在鎮上的香水工廠做工。每天把從白玫瑰裡採集來的香水裝進瓶子。所以，每天都很晚才回家。今天剛下班，看到月色很好，就一個人散步賞月，結果被石頭

絆了一跤，把腳趾劃了這麼大的傷口。我痛得受不了，血又流不止。可是現在大家都睡了，經過這裡的時候，看到您還沒睡，我知道您是一個熱心和藹的老奶奶，所以就上前來敲了您的門。」

這是個長頭髮、漂亮的女孩子，當她說話的時候，老奶奶覺得有一陣奇異的香氣撲面而來。

「這麼說，你認識我？」

「嗯，我常常從這裡經過，看到您坐在窗臺邊縫衣裳。」女孩回答。

「啊，真是個好孩子。喔，把你的傷口給我看看，我好給你上藥啊。」老奶奶說著，把女孩牽引到燈光的附近。

於是女孩子伸出可愛的小腳，只

見雪白的腳趾上流著鮮紅的血。

「哎呀，真可憐，是碰到石頭，被劃破的吧？」老奶奶嘴裡雖這樣說著，其實她老花眼，看不清血是從哪裡流出來的。

「我的眼鏡放在哪兒呢？」老奶

奶在櫃子上找著。眼鏡就在鬧鐘旁，她趕緊戴上，要仔細瞧瞧女孩的傷口。

老奶奶正想好好端詳一下這位經常從自家門前經過的漂亮女孩子的長相，可是仔細一瞧，老奶奶愣住了——

這哪裡是個女孩子？分明是

一隻小蝴蝶！

老奶奶想起，曾聽說在寂靜的月夜，蝴蝶常會化為人形，去拜訪那些到很晚都還沒睡的人家。

這是一隻腳上受了傷的蝴蝶呀。

「好孩子，跟我來吧。」

老奶奶和藹的說，然後站起身來，朝屋外的花園走去。

女孩默默的跟在老奶奶後面。

花園裡有各種各樣的花朵正盛開著。白天，總有許多蝴蝶和蜜蜂在這裡聚會，熱鬧極了。現在，牠們大概正在花叢裡作著甜美的夢，四周一片寂靜。

只有清澈如水的淡藍月光流淌著。籬笆旁，一叢白色的野玫瑰正茂密的開著，彷彿一團白雪。

「咦，小女孩到哪去了？」老奶奶回頭張望，不知什麼時候，跟在老奶奶後面的女孩消失了，無聲無息的。

「大家都睡了，我也該睡啦。」老奶奶說著，走回了屋內。

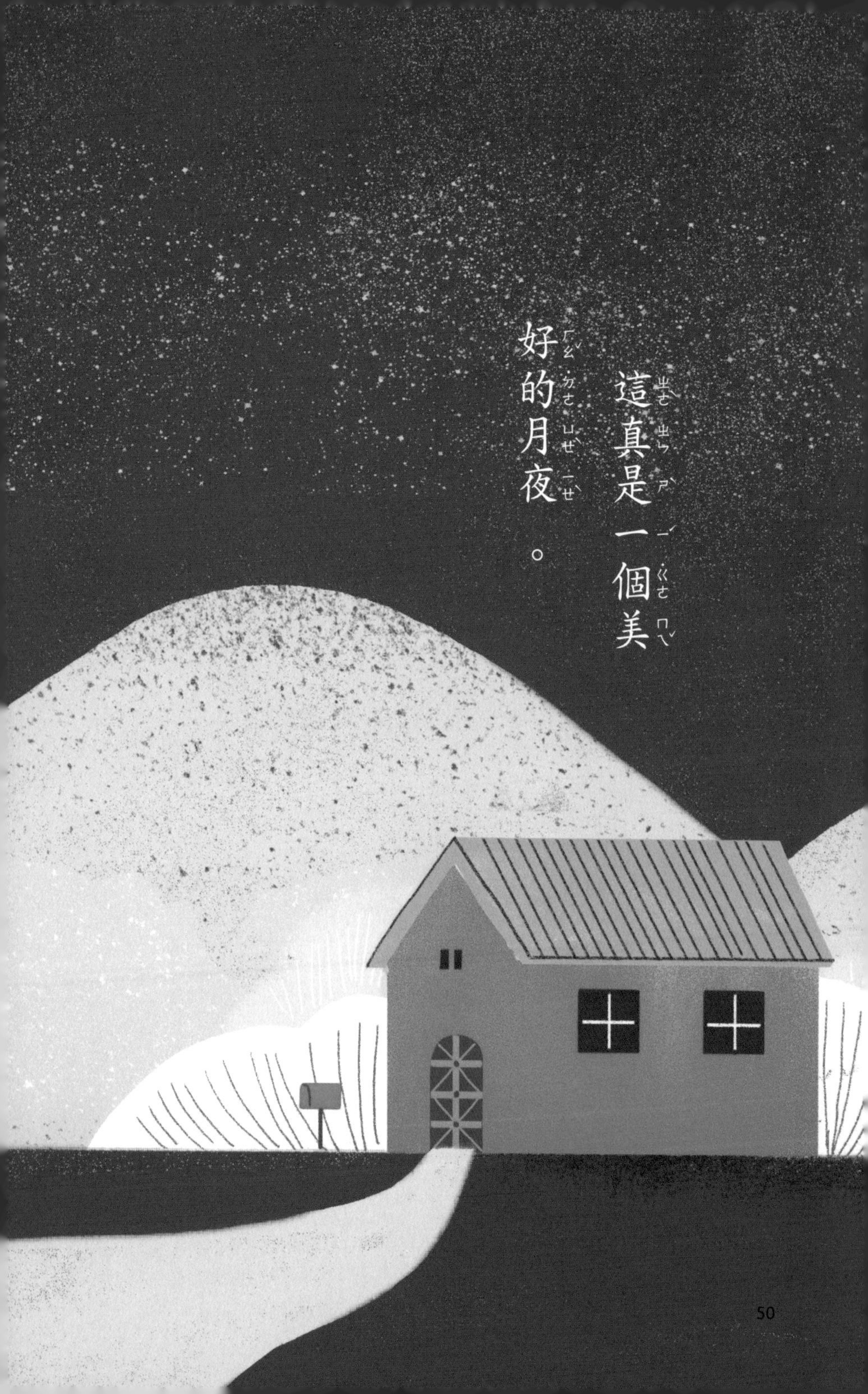

這真是一個美好的月夜。

【導讀】

日本童心主義旗手——小川未明

游珮芸（臺東大學兒童文學研究所副教授）

以小說家起步，而後成為專業兒童文學作家的小川未明，是近代日本兒童文學的重要作家之一；一八八二年出生，一九六一年去世。在小川七十九年的生涯中，評論家對其兒童文學主張及作品的評價起起落落，至今仍無定論，精采的程度，不下於一部日本近代兒童文學史。

小川未明本名健作，出生於靠日本海、長年積雪的新潟縣。小川作品中的基調——對北方的鄉愁，對南方的憧憬——即是來自他從小生長的環境與大自然。一九〇二年，二十歲的小川離鄉到東京專門學校（後來改名為早稻田大學）就讀，在學期間開始從事小說創作。一九〇五年在《新小說》雜誌上發表的〈雨雪裡的雪珠〉，奠定他在文壇的地位；一九一〇年出版第一本童話集《紅船》，其中收錄的〈紅船〉被譽為日本最初的「藝術童話」。一九二六年發表所謂的「童話作家宣言」，從此成為「專業」的兒童文學作家，為後世留下一千餘篇童話作品。

童心主義潮流

童心主義是一九二〇年代出現在日本教育界及兒童文學界最受矚目的思潮。一九二一年六月號的《早稻田文學》中，小川未明的〈我寫童話時的心情〉中的這一段話，把小川提倡的童心主義表現得淋漓盡致。

「沒有任何東西，比孩子的心更能自由的展翅飛翔。也沒有任何東西，比孩子的心更純潔。只

有在年少時代，能毫不掩藏真情；看到美的事物覺得美，遇到悲傷的事覺得悲哀，對不義的事感到憤慨。……訴諸於如此純真的情感以及未受汙染的良心的裁斷，而且能創作出年少時代獨有的夢幻世界，使讀者能陶醉於其美麗與哀愁的氣氛中，這即是我所追求的童話。何謂善、何謂惡，唯有純真的孩子的良心才能決斷，這即是這門藝術（童話）的倫理觀。」

乍看這段文字，即可窺知「童心主義」深受西方浪漫主義「兒童為成人之父」主張的影響。自十九世紀後期明治維新以來，在富國強兵的號召下，日本兒童被編入現代化學制裡，成為「國家」未來的主人翁，所有的教育主旨，都在於培養健全的「小國民」。到了社會安定，文化趨於成熟的大正時期（1911-1925），主張尊重孩子的個性與人格的「自由教育」，和標榜「童心主義」

的童謠、童話、童書的普及運動，成為時尚風潮。

在兒童文學方面，有鈴木三重吉創刊的《赤鳥》（1918-1936）雜誌，日本文豪夏目漱石門下的鈴木，號召了大批當代著名作家為兒童寫作，希望一掃坊間粗糙商業化的兒童出版品，提供高尚的「藝術童話」。而小川未明也是此一風潮的旗手之一。

小川未明的童話世界

小川未明早期的作品，一反明治時代封建而說教意味濃厚的兒童故事主流，既不說教，也不討好讀者。故事的主角，既不是以往兒童讀物中常見的王子或公主，也不是令人崇拜的英雄，而是普普通通的凡人或小孩，特別是貧困的小孩。在作品裡，小川從這些貧困的少年少女的日常生活中，捕捉人生的美，也用象徵性的筆觸，描寫孩子的內心世界。

另一方面，在窮困的作家生活中，小川痛失一男一女，使得他更敏銳的感受到各種社會的矛盾與不平，在作品中處處流露對弱者的同情，及對不義之事的反抗。

在〈我寫童話時的心情〉發表後的第二年，小川未明創作了〈月夜和眼鏡〉，描繪在新綠時節某個月光如水的夜晚，所產生的浪漫幻想，細膩筆觸營造出的情境唯美得令人陶醉，沒有說教沒有控訴，這是他所追求的童話，也如實反映了他這時期的童話創作觀。

日本兒童文學史的評價

小川未明提倡童話的藝術價值，反商業化、反威權，禮讚赤子之心，也發現了在成人心中的「童心」；在日本近代兒童文學的發展史上有其重要地位。不過，戰前，寫實主義以及普羅文學作家，就曾批判小川的作品過於抽象；戰後，五〇年代後半到六〇年代初期的新一代日本兒童文學作家、評論家，則批判小川未明過度理想化的兒童觀；認為小川浪漫主義式「心靈風景」的手法，阻礙了長篇作品的發展，而且以成人的「童心」為準，忽略了周遭活生生的孩子的描寫等等。然而七〇年代以後，又出現了肯定小川作品的聲音。雖不是全面肯定，卻也指出小川童話的獨特性與共通性。

日本兒童文學界對小川未明反反覆覆的評價，不但反映日本兒童文學觀變革的歷程，也反證了小川未明在日本兒童文學史上的重要性。

國家圖書館出版品預行編目（CIP）資料

月夜和眼鏡 / 小川未明文 ; 林廉恩圖 ; 游珮芸譯. -- 初版. -- 新北市 : 步步出版, 遠足文化事業股份有限公司, 2021.01
面； 公分
注音版
譯自 : 月夜とめがね
ISBN 978-957-9380-76-8(平裝)

861.596　　109017891

月夜和眼鏡

月夜とめがね

文　小川未明
圖　林廉恩
譯　游珮芸

步步出版
執行長兼總編輯　馮季眉
編輯總監　周惠玲
總 策 畫　高明美
責任編輯　徐子茹
編　　輯　戴鈺娟、陳曉慈
美術設計　劉蔚君

讀書共和國出版集團
社長　郭重興
發行人暨出版總監　曾大福
業務平臺總經理　李雪麗
業務平臺副總經理　李復民
實體通路協理　林詩富
海外暨網路通路協理　張鑫峰
特販通路協理　陳綺瑩
印務經理　黃禮賢
印務主任　李孟儒
發行　遠足文化事業股份有限公司
地址　231 新北市新店區民權路 108-2 號 9 樓
電話　02-2218-1417
傳真　02-8667-1065
Email　service@bookrep.com.tw
網址　www.bookrep.com.tw

法律顧問　華洋國際專利商標事務　蘇文生律師
印刷　中原造像股份有限公司
初版一刷　2021 年 1 月　初版二刷　2021 年 7 月
定價　260 元
書號　1BCI0014
ISBN　978-957-9380-76-8